母婴护理丛书 / 李惠玲　主编

# 苏州话童谣

朱光磊 ◆ 编著

苏州大学出版社
Soochow University Press

## 丛书编委名单

主　审　李惠玲　陈友国
主　编　李惠玲
副主编　冯世萍　沈　谦　万慎娴　张　芳
编　委　葛宾倩　徐　寅　孙　锐　廖　颖

# 序 Preface

作为苏州市文化研究资助项目评审委员会的成员，我有幸参加了两年前的一次评审，看到了苏州大学哲学系朱光磊博士的《苏州话童谣的搜集与整理》这个项目。最近又获悉，他的这个项目已以《苏州话童谣》为题纳入苏州大学护理学院"母婴护理丛书"由苏州大学出版社出版。这是一件极有价值而又令人欣慰的事。

苏州曾是吴国的都城，建城已有2500多年的历史。长期以来经济繁荣、文化发达，人才辈出，是吴地政治文化中心。苏州话是最具代表性的吴语，它柔软动听，语音轻快、跳跃，具有特别明显的音乐感。苏州又是吴歌藏量最为丰富，歌谣活动最为活跃的地区之一。所谓吴歌，就是吴语地区民众用当地方言（吴语）吟唱的歌谣的总称。它具有善用谐音、隐喻双关以及叠句、排句等艺术特点。2006年5月，经国务院批准，吴歌被列入第一批国家级非物质文化遗产名录。

苏州话童谣是吴歌的重要组成部分。长期以来，我们没能正确看待提倡普通话和保护传承方言的关系，由此导致苏州话的生存空间被严重挤压，以致连不少苏州本地的孩子也只会讲普通话，而不会讲甚至听不懂苏州话。让孩子从小就听、唱苏州话童谣，就是让孩子从小就接触吴歌，这不仅有利于保护与传承吴歌，对保护和传承苏州话无疑也能起到积极的作用。

苏州话童谣还是个知识宝库，看看这本书的目录就知道了。童谣中不但有数字、动物、天文、月令等自然知识，还有吃食、做活等生活常识，以及亲眷、乡情、婴亲等社会知识。可以毫不夸张地说，这简直就是一本儿童的百科全书。但

苏州话童谣

她又不是用填鸭式灌输的方式让孩子死记硬背，而是用最适合孩童的方式，在兴趣盎然的童谣吟唱中，潜移默化地打开儿童认识世界的窗户。

莎士比亚说，幽默和风趣是智慧的闪现。但幽默风趣不是天生的，它是需要后天培养的，而《苏州话童谣》则是培养风趣幽默的好教材。《苏州话童谣》中绕口、游戏、倒话、调笑等篇章就充满了风趣幽默，这些童谣会激活孩童的头脑，培养起他们的幽默感。经过苏州话童谣熏陶的孩子，今后一定会具有风趣幽默的特质。

总之，苏州话童谣的搜集整理和出版都是极有价值的事。朱博士要我给他的这本《苏州话童谣》写个序，我当然乐意为之。我虽已届耄耋之年，但儿时妈妈抱我在膝盖上，给我唱"摇啊摇，摇到外婆桥，外婆叫我好宝宝，买条鱼烧烧，头不熟，尾巴焦，盛勒碗里跳三跳，吃勒肚里吱吱叫……"的情景，握着我的小手，和我一起唱"鸡鸡斗，共共飞"的情景还历历在目。生命中经历过的许多事情都已经渐渐淡忘，唯有母子深情和这一首首儿歌却历数十年岁月沧桑而仍清晰地留存在记忆中。愿有幸读到这本书的年轻妈妈们，也能将你和宝宝一起吟唱苏州话童谣的记忆永远留存在心中。愿在我们这方土地上流传了千百年的文化瑰宝吴歌，能永远传唱下去！

蔡利民<br>
2017年9月6日于石湖之滨

# 自序 Preface

　　《苏州话童谣》的编撰源于一个偶然的想法。大概五年前，我和怀孕的妻子傍晚散步，突然想起来要给不久后出生的宝宝念童谣。我竟然发现我小时候说的童谣已经记不清多少了，觉得十分可惜。我回去询问了周围的长辈亲戚，他们记住的童谣虽然比我多，但数量也相对有限。于是，我决定开始搜集苏州话童谣。一方面，采录周围亲戚朋友的口头记忆，另一方面，搜集晚清以降各类刊登苏州话童谣的书籍资料。本来以为最多收集几千字的童谣，没想到日积月累，愈积愈多，截至完稿，已经有7万余字，近830首。由于版面的限制，本书精选了两百余首童谣。这些童谣大体上能够反映出苏州古城区及其周边地区的童谣状况。

　　语言是存在的家园。苏州话承载着苏州人固有的思维与情感模式，说苏州话的人也会被具有苏州特色的思维与情感模式所影响。然而，令人惋惜的是，现在越来越多的苏州本地青少年只会说普通话，不会说苏州话。而即使说苏州话，其发音和词汇也在向普通话靠拢，少了原有的韵味，苏州话似乎已经淡出了苏州儿童的日常生活。

　　苏州话童谣本身是一种口头文学，只有在真实的说唱过程中，童谣的乐趣和变化才能活泼泼地展现出来。皮之不存，毛将焉附？如果苏州的家长和儿童都不说苏州话了，那么苏州话童谣的消失也是迟早的事了。

　　编撰这本童谣集子当初只是基于偶发的感想，做到后来却愈发感觉到文

苏州话童谣

化传承的责任感和使命感。希望这本集子可以给民俗专家提供俗文学的研究素材,可以帮助苏州中老年人重拾童年的乐趣,可以满足有心的家长教唱苏州话童谣的需求。

  在编撰本书的过程中,我以《苏州话童谣的搜集与整理》为题申报上了2015年苏州市文化研究项目。同时,本书属于东吴智库"苏州非物质文化遗产保护状况调查研究"(MZ33720517)阶段性研究成果。在遇到出版困难的时候,苏州大学护理学院的李惠玲院长欣然同意将本书纳入其"母婴护理丛书"予以出版。本书的录音者除我之外,还有胡舒宁、叶嘉剑、唐滔、李君浩、吴雅寅、龚哲浩、周玮。苏州大学出版社的刘海老师也为本书的出版付出了大量的心血,在此一并致以由衷的感谢。

朱光磊

2017 年 10 月 30 日

# 目录 Contents

## 亲眷

阿姆娘 /3
青橄榄 /3
月亮堂堂 /3
红花朗朗朵朵开 /3
七岁姑娘坐矮凳 /4
新舅姆 /4
穷外甥 /4
蔷薇花儿朵朵开 /4
姐勒房里笑嘻嘻 /5
木鱼笃笃敲（一） /5
木鱼笃笃敲（二） /5

好婆看见宝宝来 /5
养新妇真正苦 /6
天竹枝 /6
娘亲叫我望外婆 /6
黄瓜棚，着地生 /6
弟弟吃仔上学堂 /7
石榴花开叶儿青 /7
西方路浪一只羊 /7
爹娘赛过浓霜雪 /7
十大姐 /8
摇啊摇，摇到外婆桥 /8

## 倌倌

三岁倌倌快活多 /11
三岁小倌学走桥 /11
三岁小倌学摇船 /11
学烧香 /11
一个宝宝 /12

苏州话童谣

小弟弟,勿要哭 /12
吭吭宝宝要睏觉 /12
摇篮曲 /12
潺蘴糟 /13
好宝宝 /13
宝宝扫地 /13
小娘儿惹厌 /13
小姑娘,汰衣裳 /14
小红孩 /14
上街街,卖小狗 /14
小宝宝 /14
三岁倌倌会栽葱 /15
阿妹头 /15
四哥 /15
一歇哭,一歇笑 /15
哭哭笑笑 /16
蚌壳精(碰哭精) /16
天皇皇,地皇皇 /16

### 做 活

铁打铁 /19
种田人 /19
着衣看家当 /19
牵磨歌 /19

十忙忙 /19
依呀呜,牵豆腐 /20
小丫头,勿争气 /20
转眼生仔白胡子 /20
摇摇船 /20

### 娶 亲

新娘子 /23
板凳弯弯 /23
锣鼓船浪讨新妇 /23
嗯啊嗯啊踏水车 /24
乌鹊窠 /24

### 吃 食

雪花飘飘 /27
淘米烧夜饭 /27
天浪星 /27
勿高兴 /27
小麦,小麦 /28
穷人过夏 /28
背缸倒缸 /28
笃笃笃,买糖粥 /28
风凉笃笃 /29
公公,公公 /29

# 目录

一盒糕 /30

吃热粥 /30

## 动物

蝴蝶 /33

小小一只白公鸡 /33

鹁鸪鸪 /33

一只小花狗 /33

螳螂新做亲 /34

骑马到松江 /34

八哥头浪一簇缨 /34

才螂瞿瞿叫 /34

蜜蜂蜜蜂 /35

老鸦哑哑叫 /35

小红鲤 /35

老鸡说小鸡 /35

一只老虎一只猫 /36

老虫出嫁 /36

田鸡烧香 /36

山浪有只老虎 /36

喵呜喵呜 /37

康铃康铃马来哉 /37

羊妈妈,白笃笃 /37

日落西山一点黄 /37

大鱼勿来小鱼来 /38

老虫闻着油豆香 /38

黄麻雀 /38

黄鸭叫叫 /38

布谷 /39

癞团踢踢坐 /39

天浪飞过 /39

敲煞猫头 /39

游火虫 /40

西方路浪一只鸡 /40

## 天文

亮月亮(一) /43

亮月亮(二) /43

月亮光光 /43

月光堂堂 /43

月亮亮 /44

亮月亮月堂堂 /44

月亮月亮堂堂 /44

天浪星,地浪星 /44

天浪星,地浪钉(一) /45

天浪星,地浪钉(二) /45

天浪星,地浪钉(三) /45

梳子凿扁担 /45

苏州话童谣

天浪星拉斗 /46
数数星 /46
一粒星 /46
天老爷 /46
天亮哉 /47
天浪棉花飞 /47
天浪乌云两分开 /48
头字歌 /48

## 月 令

十二月花草虫豸山歌 /51
十二月花名山歌 /52
四季歌 /52
六月六 /52
放鹞子 /52
今朝端午节 /52

## 乡 情

十二月风俗山歌（一）/55
十二月风俗山歌（二）/56
正月初一吃圆子 /56
吃煞太监弄 /57
五湖四海夹条沟 /57
一人弄 /57
北寺宝塔噱立尖 /57
苏州七堰八城门 /58

出巷门 /59
赵家里格野鸭 /59
芝麻开花节节高 /60
高高山浪一棵瓜 /60

## 对 话

碰碰门 /63
年公公 /64
啥个虫儿空中飞 /64
啥花开来节节高 /64
倷姓啥 /65
啥个弯弯 /66

## 山 歌

山歌好唱口难开 /69
山歌勿唱忘记多 /69
小人唱只小山歌 /69
小人小山歌 /69
一支山歌乱说多 /70
乱说歌 /70
一把芝麻撒上天 /70

## 数 字

一双鞋子两样格 /73
一爿茶馆 /73
陆老头 /73

# 目录

一貌堂堂 /73
一品香 /74
一家人家 /74
一桌酒水 /74
一日仔搭两月半 /74
一事无成实可怜 /75
大儿子 /75
十字歌 /76
一箩好 /76
本来要敲千千万万记 /76
十娘娘 /76

## 绕 口

种田人 /79
天浪一只鹤 /79
鹅渡河 /79
苏州有个苏胡子 /79
天浪有只鹅 /80
吃菱肉 /80
小阿六,吃菱肉 /80
东洞庭 /80
天浪七簇星 /81
一个驼子挑担螺蛳 /81
狗与斗 /81

墙浪钉个钉 /81
苏州玄妙观 /82
八十八岁公公种仔八十八棵竹 /82
闹翻玄妙观 /82
张家打堵墙 /83
苏州城里有顶三多桥 /83
小林会弹琴 /83
墙浪挂面鼓 /83
棚下一只盆 /84
头浪一蓬缨 /84

## 游 戏

鸡鸡斗(一) /87
鸡鸡斗(二) /87
编花篮 /87
老鸦老鸦哇哇 /88
抽中指 /88
金苹果,银苹果 /88
木头人 /89
笃笃一更天 /89
踢毽子歌 /89
金锁银锁(一) /89
金锁银锁(二) /90
啊咽哇,啥个痛 /90

苏州话童谣

踏煞蚂蚁放炮仗 /90
排排坐,吃果果 /90
抬轿子 /91
点点脚板 /91
牵磨结嘎结 /91
美丽格姑娘 /91
炒、炒、炒黄豆 /92
乌龟上街头 /92
一只眼睛一只脚 /92
大格分两段 /93
猜谜十字山歌 /93
四角方方一座城 /93
一只脚 /94
老张老张 /94

### 倒　话

十稀奇(一) /97
十稀奇(二) /97
毛竹扁担劈竹开 /97
第一勿稀奇 /97
颠倒话 /98

### 调　笑

苏州苏老头 /101

懒惰胚 /101
邋遢精 /101
大头大头 /101
鸦鹊叫 /102
四大金刚狠霸霸 /102
山浪有只庙 /102
赖学精 /102
天子重阳糕 /103
梁惠王 /103
赵钱孙李 /103

# 亲 眷

　　亲眷是儿童伦理世界的主要对象。这里有一家人的辛勤劳作,有爹爹、姆妈的关爱,有兄弟、姊妹的照顾。同时,童谣也反映了看护孩子的妇女的心声。她们用童谣来倾诉自己的苦闷、疏解心中的幽怨。

亲眷

### 阿姆娘

阿姆娘,倷心肠硬,教我出去做梅香。朝朝匣要端面水,夜夜还要端脚汤。跑末跑格暗弄堂,睏末睏格呒脚床,吃末吃格面溃汤。

阿姆娘:妈妈。
梅香:丫头。

### 青橄榄

青橄榄,苦中甜,死仔爷娘最可怜。灶前揎面哥哥骂,房里梳头嫂又嫌。"哥哥嫂嫂勿要嫌,耐烦待我两三年,他日婆家来讨我,茶礼银子算饭钱。"

仔:了,表示动作的完成或延续。
茶礼:传统婚俗中男方给女方的聘礼。

### 月亮堂堂

月亮堂堂,囡来望娘!姆妈说我心肝头肉来哉,撺起罗裙揩眼泪。爹爹话我一盆花来哉,拿起扁担赶市去。好婆话我敲背佬来哉,拿起拐杖后园赶雄鸡。哥哥话我赔钱货来哉,关起房门假读书。嫂嫂话我吵家精来哉,锁箱锁笼锁勿及。我勿吃哥哥分家饭,勿穿嫂嫂嫁时衣;吃爹饭,穿娘衣。

### 红花朗朗朵朵开

红花朗朗朵朵开,新娘房里坐眈眈。晚娘推我青草里,青草开花结牡丹。牡丹姐姐要嫁人,石榴花姐姐做媒人。媒人到,自商量;轿子到,哭爹娘,弗要配我东高乡、西高乡。大麦饭,苦菜羹,吃一口,哭一声。一双花鞋脱勒径岸浪,一双白髋下泥浆,公婆看见眯眯笑,亲娘看见断肝肠。

### 七岁姑娘坐矮凳

七岁姑娘坐矮凳,外公骑马做媒人,爹爹城里打头冕,姆妈房里绣罗裙。绣仔几朵花,绣仔三朵鸳鸯花。

### 新舅姆

三个铜钿买个新舅姆,捺亨长?碰着头阁梁,捺亨大?双扇门里轧勿过。叫俚纺纺纱,锭子头浪插朵花;叫俚烧烧茶,烧仔一镬赤练蛇;叫俚烧烧饭,烧仔一镬炭;叫俚淘淘米,翘起屁股捉螃蜞。

### 穷外甥

黄花郎,弗生根,穷外甥,呒人问,今朝要上娘舅门,娘舅面色阴沉沉,外婆叫我堂前坐,舅姆眼睛白瞪瞪。一双筷,水淋淋;一碗饭,冷冰冰;一碗菜,呒荤腥。娘舅舅姆骰实梗,种田勿是起码人,饿仔肚皮回家转,永世弗上娘舅门。

### 蔷薇花儿朵朵开

蔷薇花儿朵朵开,大娘吃酒二娘筛,三娘摆出果子碗碟来,四娘骂我狗奴才,我匣勿是挨来格,我匣勿是走来格,我是花花轿子抬来格,十锭金,十锭银,十个梅香来接亲,哥哥抱上轿,嫂嫂送到城隍庙。

亲眷

### 姐勒房里笑嘻嘻

姐勒房里笑嘻嘻,荷花缸里淘烂泥,淘着一个小荸荠,汏脱泥,剥仔皮,十指尖尖乱勒郎嘴里,问声郎:"啥滋味？""苏州小荸荠,山东嫩水梨,谢谢好姐姐。"

### 木鱼笃笃敲(一)

木鱼笃笃敲,爹爹赚元宝,囝囝要吃糕,爹爹勿肯买,囝囝眼泪索落抛。

### 木鱼笃笃敲(二)

木鱼笃笃敲,囝囝要吃糕,爷娘呒铜钿,只好熬一熬。

### 好婆看见宝宝来

好婆看见宝宝来,勤勤恳恳剥豆瓣,银鱼炖肉炒豆瓣。好酱油,滚鸡蛋;黄花鱼,白米饭;好吃来,好吃来,吃得宝宝心花开。

苏州话童谣

### 养新妇真正苦

养新妇,真正苦,摇车摇到半夜过,实在肚里饿勿过,拿碗冷粥呼啊呼,偷点咸菜过一过,想想实在苦勿过。开出后门去跳河,碰着隔壁三好婆,三好婆,对俚说:廿年新妇廿年婆,再过廿年做太婆,太师椅浪朝南坐,啥人晓得原来是个养新妇。

### 天竹枝

天竹枝,万年青,亲娘公公老寿星,爹爹外边赚万金,娘娘房里聚宝盆。

### 娘亲叫我望外婆

娘亲叫我望外婆,外婆勿在家,舅姆眼皮翻勒翻,勉强留我吃餐饭,一碗饭,冷冰冰;一双筷,水淋淋;一盆菜,三两根,见仔真难过,拔脚跑出门。

### 黄瓜棚,着地生

黄瓜棚,着地生,青菜团子请外甥。外甥一吃两三个,舅姆面孔紧绷绷,娘舅跑到屋里掼家生。外婆说,嫑实梗,同胞兄妹看娘面,千朵桃花一树生。外公跷起胡子勿管账,外婆畔勒门角落里哭一场。

掼:摔。　家生:家具。
嫑:不要。　实梗:这样。
畔:躲。

亲眷

### 弟弟吃仔上学堂

尖尖山浪一只缸，油煎豆腐两面黄，姐姐吃仔挑花线，弟弟吃仔上学堂。

### 石榴花开叶儿青

石榴花开叶儿青，做双花鞋望娘亲。娘亲怀我十个月，哪个月里勿担心。

### 西方路浪一只羊

西方路浪一只羊，碰着舅舅粜米粮，大斗量来小斗粜，升箩头浪养爹娘。爹娘养我长勒大，我长大匣要养爹娘。

粜：卖米。

### 爹娘赛过浓霜雪

爹娘赛过浓霜雪，日晒冰融何处寻。活勒浪买些爹娘吃，寒食清明上啥格坟？

苏州话童谣

## 十大姐

丫鹊窠,扁喽多,娘姨说我大姐多,十个大姐呒啥多。大姐嫁拨木筏郎,撑起木板造厅堂;二姐嫁拨竹筏郎,竹头竹梢晾衣裳;三姐嫁拨豆腐郎,豆腐浆来汏衣裳;四姐嫁拨网船郎,鱼腥虾蟹烧鲜汤;五姐嫁拨肉庄郎,猪油炒酱滑溚溚;六姐嫁拨鼓手郎,咪哩嘛啦送洞房;七姐嫁拨漆匠郎,广漆台子亮堂堂;八姐嫁拨裁缝郎,四季行头翻花样;九姐嫁拨染坊郎,染红染绿自便当;十姐嫁拨种田郎,屋里陈米吃勿光。

## 摇啊摇,摇到外婆桥

摇啊摇,摇到外婆桥,外婆叫我好宝宝。糖一包,果一包,外婆买条鱼来烧,头勿熟来尾巴焦,摆勒碗里嚭噗跳,阿猫吃仔妙呜叫,阿狗吃仔豁虎跳。一豁豁到城隍庙,香炉蜡扦侪跌倒,城隍老爷外头逃,外甥见仔哈哈笑。

豁虎跳:类似虎跃的动作,形容高兴。

蜡扦:上有尖钉、下有底座可以插蜡烛的器物。

# 倌 倌

儿童喜欢唱关于自己的童谣。他们一会儿是手拿竹片刀的小将军，一会儿是爱做家务的好帮手，一会儿是弹打鹦哥的调皮蛋，一会儿是踏湿花鞋的淘气包。这里有孩子的喜怒哀乐，吃喝拉撒。他们在举手投足之间，无不逗人发噱，惹人喜爱。

## 倌倌

### 三岁倌倌快活多

三岁倌倌快活多,出门就唱好山歌,手里拿格金弹子,百花园里打鹦哥。打仔鹦哥恼起来,芙蓉花留我吃三杯,芍药牡丹相陪坐,金雀花筛酒海棠陪。

倌倌:小孩子。

筛酒:倒酒。

### 三岁小倌学走桥

三岁小倌学走桥,头浪珠花朵朵摇。夺勒河里呒人捞,乡下阿哥搭我捞一捞,明朝请侬吃块白糖猪油糕。

夺勒:掉在。

### 三岁小倌学摇船

三岁小倌学摇船,断脱仔橹绷河里钻,跌湿仔衣裳天晒干,踏潮仔花鞋姆妈房里换。

橹绷:船桨和绷绳。

### 学烧香

三岁小倌学烧香,着条大红裤子上庙场。一跤跌勒山门口,弥陀看见佛来搀。

### 一个宝宝

一个宝宝,勿要哭,勿要吵,要吃白蒲枣,阿哥望仔树浪跑,阿姐拿仔棒头敲,一敲敲仔三栲栳,青格多来红格少。

栲栳:用柳条编成的斗状容器,也叫笆斗。

### 小弟弟,勿要哭

小弟弟,勿要哭,大姐勒田头挽芦粟,二姐勒田里采三菊,姆妈勒灶头烧麦粥,爸爸勒场头晒春熟,阿婆勒桥头汏鲜肉,阿爹勒家西垩萝卜,大哥勒门前盖草屋,小哥勒后院砍毛竹,爷叔勒镇浪粜新谷,佰佰勒家东搹车轴,合家大小忙碌碌,告俫弟弟勿要哭。

垩:松土。

### 吭吭宝宝要睏觉

吭吭宝宝要睏觉,小眼睛,闭闭牢;小手手,放放好。今夜睏得好,明朝起得早,花园里去采葡萄。

睏觉:睡觉。

### 摇篮曲

摇摇好儿郎,一寤睏天亮。觉转来,吃块糖;长大仔,孝亲娘。

佝 佝

### 㩭蘁糟

摇摇摇,好宝宝。奶吃饱,㩭蘁糟。睏一窟,吃糕糕。

蘁糟:吵闹。

### 好宝宝

好宝宝,勿要吵,要到好婆家,路远快点跑。外公门前有棵树,树浪生满白蒲枣,娘舅采三粒,送拨外甥吃一饱。

### 宝宝扫地

公公打米,婆婆筛米,小鸡吃米,宝宝扫地。

筛米:用篾条编制的筛子来筛出米粒。

### 小娘儿惹厌

小娘儿惹厌,撩豆腐买面,皋桥浪射箭,长路浪背纤,脚踏车,手攀花,嘴里唱只《剪剪花》,头浪插朵玫瑰花。

剪剪花:曲牌名。

苏州话童谣

### 小姑娘,汰衣裳

小姑娘,汰衣裳,棒柱搁勒石台浪,衣裳晾勒竹竿浪。

棒柱:捣衣用的木棒。

### 小红孩

小红孩,戴红帽,四个老虫抬花轿;狸猫打灯笼,黄狗喝响道,一喝喝到城隍庙,城隍老爷吓一跳。

### 上街街,卖小狗

上街街,卖小狗,卖拨先生过老酒。先生嫌俚尿茅臭,掼勒羊棚头。羊勿吃,掼勒猪棚头。猪勿吃,掼勒后门头,贼骨头偷去当枕头。

尿茅臭:尿臭。

这首儿歌大多在婴幼儿遗尿后,大人给孩子换干净尿布时唱。

### 小宝宝

小宝宝,勿要吵!拨倷糖果慢慢咬。少吃滋味好,多吃滋味少。

信信

### 三岁倌倌会栽葱

三岁倌倌会栽葱,一栽栽到路当中。过路客商缓伸手,让俚开花结石榴。石榴肚里一根葱,清早开花细蓬蓬,桃花开到二三月,菊花开到九月终。金橘子,赛芙蓉,好花还是月月红。

### 阿妹头

阿妹头,买酱油,一买买到大桥头;拾着一个菜蒲头,一吃吃到年夜头。

### 四哥

大哥山浪坐,二哥河里摸田螺,三哥买鸡勿带秤,四哥淘米勿带箩。

### 一歇哭,一歇笑

一歇哭,一歇笑,两只眼睛开大炮,一开开到城隍庙,城隍老爷哈哈笑。

## 苏州话童谣

### 哭哭笑笑

哭哭笑笑,买块方糕;方糕甜,买包盐;盐末咸,买只篮;篮末漏,买斤豆;豆末香,买块姜;姜末辣,买只鸭;鸭末叫,买只鸟;鸟末飞,买只鸡;鸡末啼,买只梨;梨末剥脱皮,骗骗小弟弟。

### 蚌壳精(碰哭精)

蚌壳精,捉蜻蜓,一捉捉到杨木桥,一跤跌勒桥底下,摸着一只葫芦瓢。瓢呒不柄,买一根秤;秤呒不砣,买一面锣;锣呒不边,买一只筥;筥呒不藤,买一根绳;绳呒不头,买一只牛;牛呒不角,买一间屋;屋呒不梁,买一只羊;羊呒不毛,买一只猫;猫呒不皮,买只扦光梨。

筥:大口圆形竹器。

### 天皇皇,地皇皇

天皇皇,地皇皇,我家有个小二郎,过往君子念一遍,一觉睏到大天亮。

旧时小儿夜啼,民间风俗将上述文字贴于墙头,传说有止啼之效。后小儿仿之以调笑哭闹之人。

# 做 活

　　勤劳工作是人的美德。孩子们看到打铁的匠人、读书的书生、种田的农民、赶集的商人、摇船的船夫等形形色色的人物，这些人都在自己的职份内忙忙碌碌，或者以自己的手艺而自豪，或者虽然贫穷而自得其乐。童谣对各类工作的描写，朴实而自然，平淡而和谐。

## 铁打铁

铁打铁,铁打铁,道士娘子看打铁,叫俫回转看勿歇,火星溅勒皮毛浪,半爿乌焦来不及。

## 着衣看家当

着衣看家当,吃食看来方;种田钱,万万年;做工钱,后代延;经商钱,三十年;衙门钱,一蓬烟。

## 牵磨歌

牵牵磨,轧轧磨,叫人牵,呒铜钿。自家牵,省两钿,买鱼买肉过新年。

## 种田人

世界顶苦种田人,六月戽水苦万分,一年四季弗见四两肉,吃碗螺蛳开大荤。

戽水:用柳条或藤条编织成戽斗。戽斗两边系上绳子,两人在戽斗两边拉绳子带动戽斗取水。

## 十忙忙

一忙忙,穿衣着鞋忙下床;二忙忙,早起开门扫地光;三忙忙,婆婆房里送茶汤;四忙忙,满床儿女着衣裳;五忙忙,切葱汏菜烧饭忙;六忙忙,囝要抱来妮要扛;七忙忙,送饭送茶又采桑;八忙忙,要为小叔汏衣裳;九忙忙,砍柴吊水勿能忘;十忙忙,深更半夜进磨房。

这首儿歌反映了旧时儿媳的劳累。

# 苏州话童谣

## 依呀呜,牵豆腐

依呀呜,牵豆腐,牵个豆腐水露露,养个儿子棒柱大,步槛底下钻得过,娘说道乩脱仔吧,爷说道勿舍得个,牵牵豆腐匣好个。

乩:丢。

## 转眼生仔白胡子

一二三四五,我要学打鼓。打鼓怕吃力,我要学斗笠。斗笠孔孔多,我要学补锅。补锅要出汗,还是学补碗。补碗难凿洞,我要学渔翁。渔翁没耐心,我要学女人。女人要烧饭,我要学秀才。秀才要读书,我要学杀猪,杀猪杀勿死,转眼生仔白胡子。

斗笠:用竹篾夹油纸、竹叶等制成的宽边帽子,用以遮太阳、挡风雨。

## 小丫头,勿争气

小丫头,勿争气,勿会做生活,看看真惹气。叫俚淘淘米,揿脱饭箩底;叫俚拎桶水,翘起屁股摸螺蛳;叫俚拔把葱,坐勒田头望烟囱;叫俚学纺纱,锭子头浪开朵花;叫俚绣花鞋,鞋面像拨鸡脚抓;叫俚汏汏衣,搭仔水桥头人扛嘴皮;叫俚束麦柴,扚根麦管吹喇叭;叫俚领小囝,小囝手里骗糕团;要俚扒芦箬,做只风车转得哗啦啦。

扚:掐。

芦箬:芦苇的叶子。

## 摇摇船

摇摇船,摆摆渡。丝网船,海里过。

# 娶 亲

　　孩子们喜欢看新娘子。男孩子轧在大人堆里看热闹,吃糖果,跟着迎亲的队伍一道来起哄。女孩子却在上心事——自己将来出嫁场面不知如何?陪嫁的嫁妆不知给多少?婆家不知待我怎么样?淡淡的情意,盘结在心头,颊上不觉飞起了一抹红云。

# 娶 亲

## 新娘子

新娘子,新打扮,红被头,花被单,吃红蛋,抢喜糖,养儿子,接家堂。

接家堂:家堂是画有历代祖先神位的图画。接家堂是家世延续之意。

## 板凳弯弯

板凳板凳弯弯,菊花菊花开开,新娘子起来吧,钱家担只花来哉,啥个花?海棠花。白糖水烟管,吃碗橄榄茶。橄榄两头尖,一个轿子歇勒房门前,娘勿愁,爷勿留,明朝看我梳好头。后头梳个盘龙头,门前梳个玉蜻蜓。钱家门里好开心,十只小船摇进浜。

## 锣鼓船浪讨新妇

摇大船,打锣鼓,锣鼓船浪讨新妇。讨着新妇捺亨长?碰着梁。捺亨大?双扇门里轧勿过。

## 嗯啊嗯啊踏水车

嗯啊嗯啊踏水车，水车盘里有条蛇，游来游去捉蛤蟆；蛤蟆畔拉青草里，青草开花结牡丹，牡丹娘子要嫁人，石榴姐姐做媒人，杏花园里铺行嫁，桃花园里结成亲；爸爸许我金环子，姆妈许我水红裙，水红裙浪多结祠，祠祠侪有响铃铃。长手巾，揩房门，短手巾，揩茶盆，揩得房门茶盆亮晶晶。倒杯茶来请媒人，媒人说得三间堂屋四间厅，落里晓得一间草棚两扇门。

## 乌鹊窠

乌鹊窠，扁罗朵，阿娘嫌我姊妹多，阿哥嫌我吃饭多，叫我出去做逃奴。隔仔头两三年来看看，我珠冠缎袄接哥哥。我请哥哥花厅看，金铜勺，银镶刀；我请哥哥房里看，金镶八宝象牙床；我请哥哥廒间看，三十六大廒间，四十八小廒间；我请哥哥河里看，三十六大划船，四十八小划船。

廒间：粮食仓房内的开间。

# 吃食

　　苏州是美食的天堂。苏州食物讲究时令,不同节气有不同的吃法。然而孩子没有那么讲究。甜的圆子、咸的鸭蛋、脆的菱角、香的豆子,都是孩子们喜欢的美味。一大清早,他们已经跟着挽着菜篮子的阿婆一起去小菜场,拉着阿婆的手要吃泡泡小馄饨、炒肉酿团子、赤豆猪油糕呢!

## 吃 食

### 雪花飘飘

雪花飘飘,灶里煨糕,煨得枯焦,滋味真好。

### 淘米烧夜饭

淘米烧夜饭,烧好夜饭吃夜饭,吃好夜饭乘风凉,乘好风凉想一想,明朝起来买点啥?青菜萝卜大头菜。

### 天浪星

天浪星,地浪星,爹爹叫我吃点心;勿高兴,买糕饼;糕饼甜,买斤盐;盐末咸,买只篮;篮末漏,买升豆;豆末香,买块姜;姜末辣,买只鸭;鸭末叫,买只鸟;鸟末飞,买只鸡;鸡末喔喔啼,买只扦光梨。

### 勿高兴

勿高兴,吃糕饼;糕饼甜,买包盐;盐末咸,买只篮;篮末漏,买升豆;豆末香,买块姜;姜末辣,买座塔;塔末尖,戳穿天。

苏州话童谣

### 小麦,小麦

小麦,小麦,蚕豆开花吉列刮,豌豆开花紫微微,小姐房里梳仔头,眯眯佛见仔眯眯笑,尼姑懊恼剃光头。

眯眯佛:弥勒佛。

### 穷人过夏

香瓜香,呒商量,西瓜甜,呒铜钿,闻闻香瓜,捧捧西瓜,讨口施茶,过仔一夏。

### 背缸倒缸

背缸倒缸,咸菜真香,卖脱咸菜,买斗黄糠;背缸倒缸,黄糠好香,野菜拌糠,猪猡养壮。

### 笃笃笃,买糖粥

笃笃笃,买糖粥,三升蒲桃四升壳,吃仔倷个肉,还仔倷个壳。

蒲桃:核桃。

另有"三斤蒲桃四斤壳"之说,但语意不明。蒲桃壳堆积的体积大于未剥之前,故以"三升蒲桃四升壳"为佳。

## 吃 食

### 风凉笃笃

风凉笃笃,螺蛳嗦嗦,盐鸭蛋剥剥,咸菜啄啄。

嗦嗦:用嘴吸螺肉。

### 公公,公公

公公,公公,着地攀弓,攀到河东,拾着一把胡葱,胡葱摊蛋,老公公吃仔三碗冷饭。

苏州话童谣

### 一盒糕

一盒糕,一包糖,送哥哥,上学堂;学堂满,嫁笔管;笔管空,嫁张公;张公矮,嫁毛蟹;毛蟹臭,嫁绿豆;绿豆香,嫁生姜;生姜辣,嫁宝塔;宝塔高,嫁镰刀;镰刀尖,嫁菜茧,菜茧甜,好过年;菜茧苦,吭不过。

### 吃热粥

一吹三道浪,一吸九条沟。要想啊呜吞一口,又怕烫痛小舌头。

## 动 物

　　动物是孩子们的朋友。天上飞的乌鸦、燕子、喜鹊,地上跑的鸡、狗、猫、牛、马、羊,田里叫的田鸡和癞团(蛤蟆),草中栖的蜘蛛、蟋蟀、蝴蝶、蜜蜂、蚂蚁,无不让孩子充满欢乐和欣喜。不过,最为孩子喜欢的动物要数萤火虫。夏日的晚上,萤火虫放出淡淡的荧光,在草丛上飞来飞去,如同游动的火光,舞动的星星。孩子将其捉来置于玻璃瓶中,这时的玻璃瓶就像一个小灯笼。在萤火梦幻般的照耀下,有趣的动物童谣就产生啦!

## 蝴蝶

蝴蝶身着五色衣,回到娘家看弟弟,弟弟是条大毛虫,怕得啦,飞,飞,飞!

## 小小一只白公鸡

小小一只白公鸡,头又高来尾又低,相公勿杀我,留我五更啼。五更勿见啼,花猫驮勒竹园里。竹里梅花带雪开,东风吹下一枝来。邻家有个花娇女,嫁拨聪明小秀才。

## 鹁鸪鸪

鹁鸪鸪,要做窠。早浪做,露水多;中昼做,热勿过;夜里做,蚊子多;想想还是明朝做。

## 一只小花狗

一只小花狗,眼珠骨溜溜,坐拉门口头,要吃肉骨头。

## 苏州话童谣

### 螳螂新做亲

螳螂新做亲,羊嘎嘎做媒人,大头蝈蜢拎仔裙,小头蝈蜢做赞礼。游火虫,搞烛灯,蚊子吹打听勿清,跟屁虫吃醉烧酒滚勒滚。

羊嘎嘎:天牛。

赞礼:婚典上的主持人。

### 骑马到松江

嗒嘟嘟,嗒嘟嘟,骑马到松江,松江老虎叫,别转马头落北跑,一跑跑到卖花桥。桥浪有只鸟,飞到高山浪,山浪有只庙,庙里有只缸,缸里有只碗,碗里有只蛋,蛋里有个黄,黄里有个小和尚,嗯啊嗯啊要吃绿豆汤,拨伲敲一记,老老实实孵太阳。

### 八哥头浪一簇缨

八哥头浪一簇缨,喜鹊身穿黑背心,老鸦着仔乌纱套,山鸡尾巴带花翎。

花翎:清代官帽上的冠饰。

### 才螂瞿瞿叫

才螂瞿瞿叫,伲伲心里要,扳开石头哔卟跳,一跳跳到城隍庙,香炉蜡扦俫踏倒,吓得城隍老爷呒处跑。

才螂:蟋蟀。

## 动物

### 蜜蜂蜜蜂

蜜蜂蜜蜂,上洞上洞,上得高,吃把刀;上得低,吃只鸡。

小儿在墙壁缝边捉蜜蜂时所唱,希望蜜蜂钻进低的洞里。

### 老鸦哑哑叫

老鸦哑哑叫,爹爹出门赚元宝。妈妈添弟弟,哥哥娶嫂嫂,姐姐坐仔花花轿,团团运气好,一年到头喜酒吃勿了。

### 小红鲤

小红鲤,红红鳃,上江游到下江来。上江吃格灵芝草,下江吃格绿青苔。灵芝草,绿青苔,芙蓉开过牡丹开。

### 老鸡说小鸡

老鸡说小鸡,㑚个笨东西,教㑚咯咯咯,㑚偏叽叽叽。

## 苏州话童谣

### 一只老虎一只猫

一只老虎一只猫，一个跟仔一个跳，跳过是只大老虎，跌倒是只偎灶猫。

### 老虫出嫁

吱吱吱，抬花轿，老虫出嫁闹滔滔。新娘身穿大红袄，新郎头戴红缨帽，前头彩旗有八对，后头响手带火炮。花轿抬到墙根首，碰着一只花狸猫，啊呜啊呜触祭饱。

老虫：老鼠。

触祭：吃。

### 田鸡烧香

月亮朗朗，田鸡烧香。卜托卜托拜佛，盎得儿盎得儿摇船。摇到快要天亮，拾着一串炮仗，劈劈啪啪放到天亮。

田鸡：青蛙。

### 山浪有只老虎

山浪有只老虎，老虎要吃人，拿俚关勒笼子里。笼子坏脱，老虎逃脱，逃到南京，买包糖精，摆勒水里浸一浸，拾着一根牛皮筋，咕嗞咕嗞拉胡琴。

### 喵呜喵呜

凳子竹头做,宝宝勿坐猫咪坐。跷跷脚,背背驮,喵呜喵呜唱山歌。老太婆,聋耳朵,只当猫咪念弥陀。

### 康铃康铃马来哉

康铃康铃马来哉,隔壁大姐转来哉。买点啥格小菜?茭白炒虾,田鸡踏煞老鸦;老鸦告状,告拨和尚;和尚念经,念拨观音;观音卖布,卖拨姐夫;姐夫关窗,关着苍蝇;苍蝇拆屁,拆得臭要死,吞煞隔壁老土地。

拆屁:放屁。

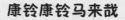

### 羊妈妈,白笃笃

羊妈妈,白笃笃,要吃啥,豆荚壳。头浪两只角,脚上四只壳。后头乌豆籁落落,跑起路来跌跌笃,跌跌笃。

### 日落西山一点黄

日落西山一点黄,乌龟出洞赶黄狼。黄狼逃去千条路,乌龟擦得肚皮光。

苏州话童谣

### 大鱼勿来小鱼来

大鱼勿来小鱼来,小鱼勿来虾蟹来,虾蟹来仔小鱼来,小鱼来仔大鱼来。

### 老虫闻着油豆香

油一缸,豆一筐,老虫闻着油豆香,爬到缸边浪,跳进筐里向,偷油偷豆两头忙。猫咪叫一声,老虫齆壳张,心一慌,身一晃,卜隆咚,跌落大油缸。

齆壳张:没有料到。

### 黄麻雀

黄麻雀,尾巴长,剪脱尾巴嫁和尚。和尚呒不屋,何不嫁叔叔?叔叔耳朵聋,何不嫁裁缝?裁缝呒针线,何不嫁只雁?雁要满天飞,何不嫁只鸡?鸡要满地走,何不嫁只狗?狗会乱咬人,何不嫁个稻草人。

### 黄鸭叫叫

黄鸭叫叫,嘴巴翘翘,咬断稻苗,钱粮水漂。

### 布谷

布谷布谷,朝催夜促,春天勿播,秋天勿熟;布谷布谷,朝求夜祝,春播一升,秋收一斛;布谷布谷,朝忙夜碌,农夫忙碌,田主福禄,田主吃肉,农夫吃粥。

### 癞团蹋蹋坐

癞团蹋蹋坐,吃得肥头胖耳朵。田鸡跳到一丈高,肚皮饿得一团糟。

癞团:癞蛤蟆。

### 天浪飞过

天浪飞过,鹁鸪;地里种过,茨菇;凳浪坐过,屁股;笼里养过,八哥;手浪戴过,针箍;台浪摆过,苹果。

### 敲煞猫头

天亮早起,梳个光头,走到街头,买个鱼头,走到河边,汰汰鱼头,走到灶头,烧烧鱼头,一勿当心,猫拖鱼头,揎起拳头,敲煞猫头。

## 苏州话童谣

### 游火虫

游火虫,夜夜红,公公挑担卖胡葱,婆婆养蚕摇丝筒,儿子读书做郎中,新妇织布做裁缝,家中有米吃勿空。

### 西方路浪一只鸡

西方路浪一只鸡,开仔笼门蓬蓬飞。有娘小鸡随娘转,呒娘小鸡苦凄凄。家鸡打仔团团转,野鸡打仔朝天飞。

# 天 文

　　夏日傍晚，家家户户将门前晒了一天的路面用井水泼凉。随后，大人小孩搬来了竹榻、凳椅在弄堂口乘凉。月亮与星星渐渐明亮起来。孩子仰望着夜空，听着老人们讲嫦娥奔月、牛郎织女的故事。他们的思绪萦绕在星空之中，随后又俯瞰着大地上的万家灯火。夏夜中的菱塘、牛角、田鸡、青石板等都披上了星光月华，神奇而美妙。

# 天 文

## 亮月亮（一）

亮月亮，搭凉棚，凉棚底下一只大雄鸡，称称看，二斤半；买买看，二钱半；淘米淘脱斗半，阿婆吃脱碗半，新妇吃脱粒半，初一睏到月半。

## 亮月亮（二）

亮月亮，家家场浪白相相；掇板凳，乘风凉，灶头浪，爆饼香，鱼匣贱，肉匣嗷，鸡鹅鸭蛋自家生，粉皮素菜凑凑十来样。

嗷：便宜。

## 月亮光光

月亮光光，家家团团出来白相相。拾着一只钉，打仔一管枪；戳煞官人吭肚肠，肚肠挂拉枪头浪，老鸦衔去做道场，做个道场真好看，亲亲眷眷俦来看，乡下娘娘骑仔牛来看，城里娘娘骑仔马来看，八十岁婆婆吭不看，登拉屋里看门还要抱团团。

## 月光堂堂

月光堂堂，照见汪洋。汪洋水，漫过菱塘，风吹莲子香。

## 苏州话童谣

### 月亮亮

月亮亮,月亮亮,大家出来白相相,拾着一个小铜钿,买仔一串小炮仗,乒乒乓,乒乒乓,好像放把机关枪,一放放到大天亮。

### 亮月亮月堂堂

亮月亮月堂堂,田鸡田鸡烧香,啪搨啪搨拜佛,咿啊咿啊摇船,摇到对门看看二叔叔,白米饭,酱猪肉,大红颜色好花样,蚕豆果子鹦哥绿。

### 月亮月亮堂堂

月亮月亮堂堂,姊妹姊妹双双,大姐配勒上塘,二姐配勒下塘,三姐配来配去呒人要;爹爹转来寻人家,寻着洞庭山浪第一家,狮子墙门石子街,歪角水牛养两排,廿三廿四送俦去,廿五廿六就当家。

### 天浪星,地浪星

天浪星,地浪星,舅姆喊我吃点心。豆腐炒面筋,面筋甜,买包盐;盐味咸,买只篮;篮底漏,买包豆;豆肉香,买包姜;姜汤辣,买只鸭;鸭会叫,买只鸟,鸟会飞;买只鸡,鸡会斗;买只狗,狗会咬人,咬煞一个稻人。

## 天 文

### 天浪星,地浪钉(一)

天浪星,地浪钉,叮叮当当挂油瓶。油瓶破,两个半,猪衔草,狗牵磨,猢狲挑水井浪坐,鸡淘米,猫烧火,老虫开门笑呵呵。

### 天浪星,地浪钉(三)

天浪星,地浪钉,叮叮当当挂油瓶。油瓶挂得高,打把刀;刀呒柄,打杆秤;秤呒砣,打面锣;锣呒四只角,打只八仙桌;八个姑娘轧一桌,轧出一个白团团;门槛洞里穿得过,阳沟潭里摆渡过。

阳沟:没有盖的水渠是阳沟,有盖的水渠是阴沟。

### 天浪星,地浪钉(二)

天浪星,地浪钉,脚踏板,挂油瓶;油瓶漏,种赤豆;赤豆开花种芝麻,芝麻结子种大麦;大麦勿结麦穗头,饿煞一只野鸡头;野鸡头浪一笃血,炖拨公公吃;公公吃仔东匣头、西匣头,拾着一把猪哺豆,换把大麦头,摆勒磨里牵,牵脱一个磨心头;摆勒筛里筛,筛穿一个筛绷底;摆勒缸里搦,搦脱一个缸盆底;摆勒镬里烧,烧断一个火夹头;盛勒碗里吃,烫痛一个小舌头。

### 梳子凿扁担

梳子凿扁担,扁担凿芦星,芦星凿北斗,北斗弯弯七个星。

梳子、扁担、芦星、北斗都是星名。

苏州话童谣

### 天浪星拉斗

天浪星拉斗,地浪鸡拉狗,屋里篮拉篓,河里鱼拉藕。

拉:和。

### 数数星

数数星,扁担星,铜油盏,花油瓶,念仔七遍就聪明。

### 一粒星

一粒星,囫囵吞;两粒星,挂油瓶;油瓶漏,炒黄豆;黄豆焦,炒胡椒;胡椒呛,炒生姜;生姜辣,造宝塔;宝塔尖,刺破天。

### 天老爷

天老爷,拜拜傏,嫑落雨,明朝替倷敲木鱼。

# 天 文

## 天亮哉

天亮哉,鸡叫哉,豆腐人家牵磨哉,杀猪人家磨刀哉,勤俭人家起来哉,懒惰人家还要睏歇来。

## 天浪棉花飞

天浪棉花飞,地浪银铺地。落雪狗欢喜,麻雀一肚气。

## 苏州话童谣

### 天浪乌云两分开

天浪乌云两分开,拔脱凤仙种牡丹,种个牡丹墙圈里,看花容易种花难。

### 头字歌

天浪日头,地浪石头,嘴里舌头,手浪指头,桌浪笔头,床浪枕头,背浪斧头,爬上山头,喜上眉头,乐在心头。

# 月 令

　　一年十二个月,春、夏、秋、冬四季,循环交替,延续不已。在不同的月令里,有不同的玩耍方式,不同的时令食品,不同的动物昆虫,不同的花草树木。万物在时间的轮回中此消彼长,生生不息。孩子们在每个月风物的变化中理解了月令,在月令的理解中期盼着下一个月令的美食与美景。
　　在理解与期盼中,孩子们就成长起来了。

## 十二月花草虫豸山歌

正月梅花阵阵香，螳螂叫船游春场，蜻蜓相帮橹来摇，蛔蟛揩篙当头撑。

二月杏花处处开，蜜蜂开起茶馆来，梁山伯旁边冲开水，坐柜台小姐祝英台。

三月桃花朵朵红，来个茶客石胡蜂，结缕黄谈起家常事，忙得打拳虫勿停动。

四月蔷薇满墙开，蚕宝宝做丝上山来，蚊子夜把营生做，苍蝇回头明朝会。

五月石榴红似火，洋蝴蝶躲勒花当中，杨师太一叫活吓煞，吓得地瘪虫动匣勿敢动。

六月荷花结成莲，织布娘勒房里哭青天，蛔蟛哥哥来相劝，蜘蛉子登勒姐身边。

七月里来凤仙开，吓得田鸡跳起来，游火虫提灯前头照，壁虎沿墙游进来。

八月里来木樨香，叫哥哥夜夜想婆娘，廊檐头结蛛来偷看，结识私情纺织娘。

九月里来菊花黄，出兵打仗是蚂蟥，背包蚰蜒来督阵，十万蚂蚁尽阵亡。

十月芙蓉应小春，青花田鸡要嫁人，金钱乌龟媒人做，香烟虫独出臭名声。

十一月里茶花开，蛱蚤卖狠摆擂台，红头百脚前头走，灰骆驼欺人打上来。

十二月里蜡梅黄，跳虱想起开典当，壁虱搭俚做朝奉，白虱当件破衣裳。

结缕黄，又名"油葫芦"，貌似蟋蟀，尾有三枪。

打拳虫：即"孑孓"，蚊子幼虫，水中游动，曲成拳状。

纺布娘：即"纺织娘"，因鸣声如纺织声而得名。

杨师太：体形较小的蝉，因鸣声如"杨师太"三字音而得名。

蜘蛉子：蟋蟀科小鸣虫，其身闪亮如金，鸣声清脆，犹如金铃，又称"金蛉子"。人们常将其蓄于小盒内，怀袖以听其鸣。

背包蚰蜒：蜗牛。

香烟虫：形如小蜈蚣，生于阴湿之地，盘旋而栖，无毒而臭。

灰骆驼：即"灶马"，色灰，背身驼，触角长，翅退化，后足发达能跳跃，栖于暗湿的门角灶前。

朝奉：当铺的掌柜。

苏州话童谣

### 十二月花名山歌

正月梅花开来闹稠稠,二月杏花开来心里黄,三月桃花开来遍山香,四月蔷薇开来白洋洋,五月石榴开来子满膛,六月荷花开来满池塘,七月凤仙开来扬扬飘,八月木樨开来喷喷香,九月菊花开来叶头齐。十月芙蓉开来应时起,十一月里水仙开来有风头,十二月蜡梅开来冷飕飕。

### 六月六

六月六,蚊虫要吃肉;七月七,蚊虫嘴巴硬如铁;八月八,蚊虫忙碌碌;九月九,蚊虫叮石臼;十月十,蚊虫两脚笔立直。

### 四季歌

正月里螳螂叫船游春舫,蜻蜓来摇橹,蛔蟒把船撑。夏季里叫哥哥夜夜做情郎,结识姐妮纺织娘。秋季里蝴蝶生病困绣房,梁山伯买药就为祝九娘。冬季里大风大雪天气冷,蜜蜂囥好过冬粮。

囥:藏。

### 放鹞子

春开二月二,鹞子手中牵,放得高,吃块糕;放得低,大家吃点烂污泥。

### 今朝端午节

今朝端午节,蚊虫帐外歇。若要飞进来,待过重阳节。

# 乡 情

　　泰伯三让天下的遗泽是苏州的风骨,梦里水乡的温柔是苏州的情致。江南的小桥流水、亭台楼阁以及行走其间的贩夫走卒、引车卖浆者之流,都是别有趣味的。在这一片乐土中,孩子们用方言童谣来歌唱各个月令的民俗、各个街巷的特征,塑造出时空交错、多姿多彩的吴地人文。

# 十二月风俗山歌(一)

正月里,闹元宵;二月二,要吃撑腰糕;三月三,祖师报;四月十四白相神仙庙,神仙花,神仙猫,神仙乌龟神仙糕;五月端阳龙船闹,七里山塘闹滔滔;六月里白相赤脚荷花荡;七月七,掷乞巧,织女牛郎渡鹊桥;八月中秋拿香斗烧,九月重阳要登高;看会要到十月朝;十一月里雪花飘,买点美酒与羊羔,暖阁红炉用炭烧;十二月廿四要送灶,买点糖锭糖元宝。

撑腰糕:油煎隔年糕,以求腰板硬朗。

祖师报:东南沿海一带认为季节性的风雨天气为神道腾云驾雾所致。"祖师报"中的"祖师"即道教神仙"真武祖师"。由于风雨天气而被告知真武祖师之来临,故称"祖师报"。

神仙庙:在苏州阊门内下塘街,奉祀"八仙"之一的吕纯阳。农历四月十四,吴地有"轧神仙"习俗。

赤脚荷花荡:葑门外黄天荡,六月里荷花盛开时,吴人上午出城到黄天荡赏荷,下午常遇阵雨,为免泥路弄脏鞋子,故脱鞋赤脚而归。

乞巧:农历七月初七,牛郎和织女鹊桥相会。七月六日,常有人置鸳鸯水(晷河水井水各半)一碗于庭中,翌日,取缝衣针轻放水面而视其日光在碗底的投影,以区别巧拙,谓之"乞巧"。

十月朝:农历十月初一。此日,山塘街举行出会活动。吴人为消灾祈福,常云集而观。

送灶:农历十二月廿四,灶君上天,故曰"送灶"。

糖元宝:用饴糖制成元宝状,黏性极好,以供灶君。灶君食后,粘牙闭嘴,无法在玉帝前搬弄嘴舌。

苏州话童谣

### 十二月风俗山歌(二)

正月里,闹元宵;二月二,撑腰糕;三月三,眼亮糕;四月四,神仙糕;五月五,小脚粽子箬叶包;六月六,大红西瓜颜色俏;七月七,巧果两头翘;八月八,月饼小纸包;九月九,重阳糕;十月十,新米团子新米糕;十一月里雪花飘,十二月里糖锭糖元宝,吃仔就滚倒。

眼亮糕:油煎隔年糕,以求明目。

巧果:七夕节食品,系用油、面、糖等制成的油炸小面点。

重阳糕:重阳节食品。九为阳数,农历九月九日为相叠之九,故谓"重阳节"。

### 正月初一吃圆子

正月初一吃圆子,二月里,放鹞子,三月清明去买青团子,四月里看蚕宝宝上山结茧子,五月端午吃粽子,六月里,摇扇子,七月上帐子、蒲扇拍蚊子,八月中秋剥剥西瓜子,九月登高去打梧桐子,十月剥剥早红小橘子,十一月,踢毽子,十二月年底搓圆子。

放鹞子:放风筝。

青团子:吴俗农历三月"清明节",家家买青团子祭祀亡人。

早红小橘子:苏州东山、西山所产橘子成熟较早,色泽红润,故谓"早红"。

搓圆子:吴地旧俗年初一不能劳动,故须在十二月底搓圆子,以备年初一吃圆子之需。

## 吃煞太监弄

饿煞仓街,晒煞北街,吃煞太监弄,走煞护龙街,着煞旧学前,吃茶三万昌,拆尿牛角浜。

仓街原本荒凉,腹饥者在此难觅饭店,故谓"饿煞"。北街缺树少荫,故谓"晒煞"。太监弄菜馆林立,故谓"吃煞"。护龙街为人民路旧称,是贯穿苏州古城南北的长街,故谓"走煞"。旧学前原有多家旧衣店,物美价廉,故谓"着煞"。三万昌茶馆原址在玄妙观观音殿右侧,玄妙观后面为牛角浜,故前门进茶馆喝茶,后门出茶馆撒尿。

## 一人弄

一人弄,二门口,三茅观巷,司(四)前街,吴(五)趋坊,蒙(六)葭巷,戚(七)姬庙弄,北(八)街浪,九胜巷,十全街。

## 五湖四海夹条沟

五湖四海夹条沟,虎豹狮象夹只狗,鼋鼍蛟龙夹条鳅,彭宋潘韩夹家周。

清初苏州有彭、宋、潘、韩四姓,皆为名门望族,白塔子巷周姓,富而不贵,捐纳花翎顶戴,夸耀邻里,希望凭此侧身望族之列,时人讥笑而作此

## 北寺宝塔噱立尖

北寺宝塔噱立尖,戳穿天,天落雨,地浪侪是烂污泥。

苏州话童谣

## 苏州七堰八城门

苏州七堰八城门,三横四直泊舟航,三宫九观廿四坊,七塔八幢九馒头。

七堰八城门:伍子胥筑阖闾大城,原本陆门、水门各八,后水门淤塞。"堰"为水城门。

三横四直:苏州城中主要河道三条横向、四条纵向。由于城市改造,河道做了调整,现在苏州古城的河道已非三横四直的原貌。

三宫:皇宫(万寿宫),天后宫(天妃宫),学宫(文庙)。

九观:玄妙观,白鹤观,清洲观,福济观,卫道观,修正观,三茅观,佑圣观,修真观。

廿四坊:三元坊,南宫坊,蔡贞坊,濂溪坊,井义坊,通关坊,孝义坊,干将坊,富仁坊,嘉余坊,庆元坊,仁德坊,桂和坊,通和坊,黄鹂坊,清嘉坊,吴趋坊,合村坊,迎春坊,间邱坊,大成坊,碧凤坊,天官坊,滚绣坊。

七塔:上方、灵岩、瑞光、双塔(两座)、虎丘、北寺塔。

八幢:一在孔付司巷中,一在装驾桥南堍,一在洙泗巷南口,一在石塘桥北小桥头,一在桃花坞石幢弄底,一在因果巷陈氏清畲堂西隅,另外两个不详。

九馒头:苏州人称澡堂为"混堂"。混堂似窑,顶为拱形,形如馒头。"九馒头"指九个浴室,地址不详。

## 出娄门

出娄门,九槐村,井挑桥,桥挑井,石将军,守山门,狮子石,镇桥心。

九槐村:娄门外有唐代所植九棵槐树,村从"九槐"而名。清时还有两棵幸存。

井挑桥,桥挑井:娄门外永宁桥桥底有井,桥的两堍也有井。"井挑桥"是指桥底有井;"桥挑井"是指桥两堍有井。

石将军,守山门:娄门外接待寺,寺前有石像。

狮子石,镇桥心:娄门外官渎桥,桥面中心有浮雕石狮。

## 赵家里格野鸭

赵家里格野鸭,方家里格羊肉,陆家里格蹄子,织造府里格皇伯伯。

赵家里:店号"赵元章",熟肉店。

方家里:店号"方大房",熟肉店。

陆家里:店号"陆稿荐",熟肉店。

明清时期苏州设"织造局",由太监主事,负责宫廷所需丝绸的织造解送。吴地民众深受其苦,故将"织造府里的皇伯伯"与熟肉店里的禽兽相提并论。

苏州话童谣

### 芝麻开花节节高

芝麻开花节节高,扁豆开花像剪刀,野菜开花青草里,花红菱开花太湖梢。

### 高高山浪一棵瓜

高高山浪一棵瓜,蔓延蔓到西太湖,开花开到常熟县,到洞庭山浪去吃甜瓜。

洞庭山:苏州太湖又称洞庭湖,有洞庭东山和洞庭西山。

# 对 话

　　孩子喜欢模仿大人，不但模仿大人的动作，还模仿大人的说话。他们煞有介事地说着大人的话，说着说着，孩童的语气和词汇就露出来了。他们模仿大人向邻居借东西，竟然说到坐着金车银车到天上去；他们模仿大人的询问，却连珠炮式地不打破砂锅问到底绝不罢休；他们模仿大人的山歌对答，却又显现出无比的机智和聪明。

# 碰碰门

（碰门声）
啥人？
隔壁张小大。
倷来做啥？
我来兜火。
兜火做啥？
寻引线。
寻引线做啥？
补叉袋。
补叉袋做啥？
甩石子。
甩石子做啥？
磨刀。
磨刀做啥？
劈篾。
劈篾做啥？
做蒸笼。
做蒸笼做啥？
蒸馒头塌饼。
蒸馒头塌饼做啥？
拨拉阿娘吃。
阿娘住勒落里？
住勒天浪。
捱亨上去？
一部金车一部银车，伊哩挨拉摇上去。
捱亨下来？
拿两条红绿丝线，烟囱管里荡下来。

回个啥格？
回个烂橘子。
烂橘子呢？
半路浪嘴干吃脱哉。
核呢？
种仔树哉。
树呢？
做仔扁担哉。
扁担呢？
前门撑撑、后门撑撑，撑断哉。
断扁担呢？
烧仔灰哉。
灰呢？
垩仔田哉。
田呢？
卖仔铜钿银子哉。
铜钿银子呢？
讨仔花花娘子哉。
花花娘子呢？
东匣淘米、西匣汏菜，拨勒红眼睛野猫衔仔去哉。
红眼睛野猫呢？
汤罐里偷水吃沉煞哉。
汤罐呢？
换糖老老换仔去哉。
换糖老老呢？
爬墙头看戏跌煞哉。
啥人搭俚哭？
蚊子嗡哩嗡哩搭俚哭。

## 年公公

年公公,落里来?
脚踏莲花海里来。
带点啥格物事来?
带仔铜鼓器钹来。
敲敲看,
咚咚哐;
碰碰看,
磬磬哐。

## 啥个虫儿空中飞

啥个虫儿空中飞?啥个虫儿树浪叫?啥个虫儿路边爬?啥个虫儿草里跳?

蜻蜓空中飞,知了树浪叫,蚂蚁路边爬,蝈蝈草里跳。

## 啥花开来节节高

啥花开来节节高?啥花开来像双刀?啥花开勒青草里?啥花开勒太湖梢?

芝麻花开节节高,扁豆花开像双刀,荠菜花开勒青草里,野菱花开勒太湖梢。

对　话

**倷姓啥**

倷姓啥？

我姓黄。

啥个黄？

草头黄。

啥个草？

青——草。

啥个青？

碧绿青。

啥个碧？

毛——笔。

啥个毛？

三——毛。

啥个三？

高——山。

啥个高？

年——糕。

啥个年？

××年。

注："××年"为当年的年份，如"2018年"。

苏州话童谣

### 啥个弯弯

姐姐妹妹,坐勒门边,唱起歌来,天边水边。

啥个弯弯勒天边?啥个弯弯勒眼前?啥个弯弯头浪过?啥个弯弯勒水边?

月亮弯弯勒天边,眉毛弯弯勒眼前,木梳弯弯头浪过,小船弯弯勒水边。

# 山 歌

　　苏州人喜欢唱山歌,唱山歌可以解闷,可以减轻劳累,可以互相寻开心。大人大山歌,小人小山歌。小孩子也唱山歌,唱得更是千奇百怪,意象活跃。他们可以模仿大人的山歌,唱出耕种劳作的艰辛,也可以编造自己的山歌,唱出奇思妙想的童趣。

## 山 歌

### 山歌好唱口难开

山歌好唱口难开,樱桃好吃树难栽,白米饭好吃田难种,鲜鱼汤好吃网难扳。

### 山歌勿唱忘记多

山歌勿唱忘记多,官塘勿走草生窠,快刀勿磨黄锈起,朋友不叙两头疏。

### 小人唱只小山歌

小人唱只小山歌,蚌壳里摇船出太湖,麻雀踏塌玄妙观,蚂蚁上山捉老虎。

### 小人小山歌

小人小山歌,大人大山歌,砻糠搓绳起头难,灯草搓绳扳倒山,蚌壳里摇船出太湖,燕子衔泥乱断海,鳑鲏鱼跳过洞庭山。

苏州话童谣

### 一支山歌乱说多

一支山歌乱说多,油煎豆腐骨头多,太湖当中挑野菜,大尖顶浪摸田螺,摸格田螺笆斗大,摆勒摇篮里向骗外婆。

大尖顶:洞庭东山主峰莫厘峰的俗称。

### 一把芝麻撒上天

一把芝麻撒上天,肚里山歌万万千,南京唱到北京去,转来再唱两三年。

### 乱说歌

长远勿唱乱说多,螃蜞要讨家主婆,虾做媒人蟹作主,讨着曲背甲鱼老太婆。

长远勿唱乱说多,油煎豆腐骨头多,六月过浜冰脚踝,十二月乘凉蚊子多。

长远勿唱乱说多,蚂蚁上山捉老虎,田里水牛鹰衔去,麻雀踏煞老孵鸡。

长远勿唱乱说多,灶堂里向种落苏,落苏生来栲栳大,蟑螂咬来差不多。

落苏:茄子。

# 数 字

　　小孩子学习念数字,双手的指头都会派用场。这时候,再加上一首数字童谣,学习效果就会更好。从一到十的数字童谣,可以有两类。一类是就着数字本身的形状来编写词,读着词就知道数字该怎么写;一类是通过谐音联想到各种意想不到的事物,甚至借此编成一个个具有情节的故事。

序

数字

### 一双鞋子两样格

一双鞋子两样格,三个铜钿买来格,四面侪是镂空格,五颜六色格,七穿八洞格,究(九)竟阿有格,实(十)在呒不格。

### 一爿茶馆

一爿茶馆冷清清,两个堂倌睏勿醒,三只脚格长凳摆勿平,四仙桌浪起灰尘,五把铜铫"笃笃"煎,落(六)雪落雨勿开店,七日头细细一算账,八百铜钿侪蚀光,究(九)竟是啥格道理经?实(十)在是懒怕人勿会做生意经。

### 陆老头

有个六十六岁格陆老头,盖仔六十六间楼,买仔六十六瓶油,养仔六十六头牛,栽仔六十六棵垂杨柳。半夜三更风满楼,吹倒仔六十六间楼,翻倒仔六十六瓶油,折断仔六十六棵垂杨柳,砸煞仔六十六头牛,急煞仔六十六岁格陆老头。

### 一貌堂堂

一貌堂堂,两目无光,三餐勿受,四肢无力,五官勿灵,六亲无靠,七窍勿通,八字勿算,久(九)坐勿起,实(十)在呒用。

苏州话童谣

### 一品香

一品香,良(两)乡栗子,三结橄榄,四喜肉,五香排骨,乐(六)得吃,切(七)切咸肉,剥(八)剥长生果,韭(九)芽炒肉丝,实(十)在有滋味。

三结橄榄:旧时出售橄榄通常用一张纸包三颗橄榄,分作三结,"三结橄榄"由此得名。

### 一家人家

一家人家,两个人,三板桥,四牌楼,五斤鬓头,陆(六)家里,来仔七个客人,喊仔八个戏子,点仔九莲灯,做仔十出戏。十出戏完哉,九莲灯隐哉,八个戏子去哉,七个客人散哉,陆(六)家里穷哉,五斤鬓头干哉,四牌楼倒哉,三板桥断哉,两个人死哉,一家人家光哉!

### 一桌酒水

一桌酒水,两道点心,三汤四炒,鱼(五)翅海参,六碗大菜,七勿老牵,八仙桌浪,坐仔九位仁兄,实(十)在难看。

### 一日仔搭两月半

一日仔搭两月半,三清殿浪四面看,五方殿浪陆(六)法师,手里捏仔七星旗,坐仔八仙桌,究(九)竟如何?实(十)在真好看。

## 一事无成实可怜

一事无成实可怜,两眼睁睁看老天,三餐茶饭全无有,四季衣衫勿周全,五更想起流眼泪,六亲无靠哭涟涟,开门七件俨勿有,八字生来颠倒颠,久(九)事寒窗呒出息,要到十字街头寻短见。路浪碰着一位算命先生,算我十九岁浪功名就,八月科场面前存,七篇文字如锦绣,六个同窗唯我中,五伦殿浪朝天子,四拜王廷万岁恩,君王连饮三杯酒,两朵金花盖顶雪,一色杏花红十里,状元归去马如飞。

开门七件:即生活必需品,柴、米、油、盐、酱、醋、茶。

## 大儿子

大儿子,泥(二)团子,三尾子,四脚子,五倍子,六矮子,七星子,八妹子,韭(九)菜子,石(十)榴子。大儿子,翘辫子;泥(二)团子,放勒水里烊脱仔;三尾子,卜笃一声跳脱仔;四脚子,花花轿子抬脱仔;五倍子,娘娘小姐染脱仔;六矮子,肩挑一付重担子,唔仔唔仔压杀仔;七星子,南京城里考顶子;八妹子,拨人家讨去当大娘子;韭(九)菜子,种勒田里出脱仔;石(十)榴子,洒水台浪吃脱仔。

三尾子:雌蟋蟀。

五倍子:中药名,可以防治头部脂溢性皮炎。

## 苏州话童谣

### 十字歌

锣鼓一打多热火,听我唱首十字歌。一字像扁担,二字像条河,三字中间有条船,四字把门紧紧锁,五字盘脚坐,六字伸伸腿,七字翘翘脚,八字眉毛两边分,九字堂前挂悬钩,十字中间

### 一箩好

一箩好,两箩巧,三箩拖棒柱,四箩差得团团转,五箩富,六箩穷,七箩骑白马,八箩做长工,九箩挑菜卖青葱,十箩十畚箕,挑满老宅基。

指纹无缺口像箩,有缺口像箕。

### 本来要敲千千万万记

本来要敲千千万万记,现在辰光来勿及,马马虎虎敲十记,一、二、三、四、五、六、七、八、九、十。打仔十记还勿够,还要敲三记,一、二、三。

### 十娘娘

大娘娘,鲜鲜细白花;二娘娘,隔夜玫瑰花;三娘娘,矮脚鸡冠花;四娘娘,是盆海棠花;五娘娘,大红牡丹花;六娘娘,淡红夜开花;七娘娘,紫色牵牛花;八娘娘,粉红月季花;九娘娘,驼背老对虾;十娘娘,踏扁烂番瓜。

# 绕 口

　　与普通话绕口令相比,苏州话绕口令具有更多的要素,比如声母与韵母的种类变多(声母31个,韵母41个,参看汪平:《苏州方言研究》,北京:中华书局,第20—30页。),声调7个,包括各类变调,所以读起来更具挑战性,读好后更有成就感。

绕 口

### 种田人

一个种田人,着仔白袜蹲勒田里去拔麦,为仔拔麦,烂仔白袜。

读时注意"麦"和"袜"的发音区别。

### 天浪一只鹤

天浪一只鹤,地浪一只鹿,鹤天鹿地鹤对鹿。

念"鹤"时要用舌尖与上腭迸出"咯"音,同时念出本字。

### 鹅渡河

坡浪立着一只鹅,坡下就是一条河,宽宽格河,肥肥格鹅,鹅要过河,河要渡鹅,勿知鹅过河还是河渡鹅。

### 苏州有个苏胡子

苏州有个苏胡子,湖州有个胡夫子,苏胡子问湖夫子借梳子梳胡子。

## 苏州话童谣

### 天浪有只鹅

天浪有只鹅,我吃鹅蛋我是鹅,我勿吃鹅蛋我勿是鹅。

### 吃菱肉

吃菱肉,剥菱壳,菱壳乱勒壁角落。勿吃菱肉勿剥壳,菱肉勿乱勒壁角落。

勒:在。

### 小阿六,吃菱肉

小阿六,吃菱肉,菱肉手浪剥,菱壳地浪乱,菱肉香来菱壳薄,阿六吃得心里乐,摇头摆尾猪猡学。一脚踏菱壳,掼到壁角落,喊声喔哟哟,眼泪索落落,勿怨自家菱壳乱,反怪菱壳害得俚倷掼破头脑壳。

### 东洞庭

东洞庭,西洞庭,洞庭山上有根藤,藤上挂铜铃。风动藤动铜铃动,风停藤停铜铃停。

## 绕口

### 天浪七簇星

天浪七簇星,地浪七块冰,台浪七盏灯,树浪七只鹰,墙浪七根钉;杏化杏化拔脱墙浪七根钉,汗鼠汗鼠赶脱树浪七只鹰,平令碰冷踏碎地浪七块冰,一阵风来吹隐台浪七盏灯,行仔乌云遮脱天浪七簇星,一连念仔七遍就聪明。

"杏化杏化""汗鼠汗鼠""平令碰冷"都是拟声词。

### 一个驼子挑担螺蛳

一个驼子挑担螺蛳,一个胡子骑只骡子,胡子骑仔骡子,碰翻驼子格担螺蛳。驼子歇下螺蛳,拉牢胡子格只骡子,要俚下骡子,拾还驼子格担螺蛳。胡子勿肯下骡子,拾还格担螺蛳。驼子偏要胡子下仔骡子,拾还格担螺蛳。那末胡子无法子,只好下骡子,拾还驼子格担螺蛳。那末驼子挑仔螺蛳,胡子骑仔骡子。

格:这。

### 狗与斗

墙浪挂只斗,地浪睏只狗。斗夺下来扣牢狗,狗翻起来咬牢斗,匣勿知是斗扣狗,匣勿知是狗咬斗!

夺:掉。

### 墙浪钉个钉

墙浪钉个钉,钉浪缚条绳,绳浪扣个瓶,瓶浪摆盏灯,灯下放个盆。抽脱仔钉,弄断脱绳,夺下仔瓶,打碎仔灯,碰坏仔盆。盆怪灯,灯怪瓶,瓶怪绳,绳怪钉。

## 苏州话童谣

### 苏州玄妙观

苏州玄妙观,东西两判官,东判官姓潘,西判官姓管;东判官手里拿块豆腐干,西判官手里拿根老卜干;东判官要吃西判官手里格根老卜干,西判官要吃东判官手里格块豆腐干;东判官勿肯拨西判官吃手里格块豆腐干,西判官勿肯拨东判官吃手里格根老卜干。

老卜干:萝卜干。

### 八十八岁公公种仔八十八棵竹

八十八岁公公种仔八十八棵竹,八十八只麻雀躲勒八十八岁公公种格八十八棵竹浪宿,八十八个小倌拿仔八十八块砖头乱,勿许八十八只麻雀登勒八十八岁公公种格八十八棵竹浪宿。

小倌:小孩子。

### 闹翻玄妙观

苏州玄妙观,东西两判官,东判官姓潘,西判官姓管,夜叉来送案,状纸送判官,潘判官推拨勒管判官,管判官推拨勒潘判官,判官勿接案,闹翻玄妙观。

绕 口

### 张家打堵墙

张家打堵墙,杨家养只羊。杨家格羊撞倒张家一堵墙,张家格墙压杀杨家一只羊。杨家要张家赔羊,张家要杨家赔墙。到底是杨家格只羊撞倒张家格堵墙,还是张家格堵墙压杀杨家格只羊?

打堵墙:砌一堵墙。

### 苏州城里有顶三多桥

苏州城里有顶三多桥,桥浪有格嫂嫂,嫂嫂手里抱格宝宝,宝宝手里捏块糕糕。桥对过有只猫,喵呜喵呜要吃苏州城里三多桥浪格嫂嫂手里抱格宝宝手里捏格糕糕。

三多桥:位于苏州城南部三多巷中,"三多"意为"多福、多寿、多男子"。或言"三多桥"为"衫渎桥"的音误。

### 小林会弹琴

小林会弹琴,小芹会敲铃。小林要敲小芹格铃,小芹要弹小林格琴。小芹教小林敲铃,小林教小芹弹琴。

### 墙浪挂面鼓

墙浪挂面鼓,鼓浪画老虎。敲虎敲破鼓,拿布来补鼓。到底是布补鼓,还是布补虎?

## 苏州话童谣

### 棚下一只盆

棚下一只盆,盆浪一只棚,棚倒盆碎吧嘟唑,勿知是棚赔盆,还是盆赔棚?

"吧嘟唑"模拟棚倒盆碎的声音。

### 头浪一蓬缨

头浪一蓬缨,壁浪一盏灯,桌浪一本经,地浪一枚针。拾起地浪针,合拢桌浪经,吹灭壁浪灯,探脱头浪缨。

# 游 戏

边念童谣,边做动作,孩子们的游戏时光是多么欢乐。唱这类童谣时,孩子们需要依据童谣中的唱词来扮演相关角色,并将身体动作与语言声音协调起来,在玩耍中取得寓教于乐的效果。此外,猜谜语也是孩子们认识事物的常用方法。给出喻体,隐去本体,用韵语说出来,就是一个绝妙的谜语类童谣。猜谜语和编谜语,就是在本体和喻体之间借助共同特征往来穿梭,这会给孩子们带来无穷的思维享受,让他们乐此不疲。

## 游 戏

### 鸡鸡斗(一)

鸡鸡斗,蓬蓬飞,一飞飞到稻田里,稻田里向吃白米。

唱这首童谣时,大人将尚未能行走的婴幼儿抱坐在大腿上,用大手抓着孩子的小手,让孩子的两个食指相互有节奏感地一字一触。等到念到最末一个字的时候,两指接触后快速打开。

### 鸡鸡斗(二)

鸡鸡斗,蓬蓬飞,飞到娘舅背后底。娘舅说要杀脱俚,舅姆说要留勒里,留到开年孵小鸡。小鸡小鸡吭道理,拆屎拆勒青草里,青草勿开花,拔脱青草种棉花,棉花种来两头齐,纺纱织布赚铜钿,赚着一只小鸡钿。

唱这首童谣时,大人将尚未能行走的婴幼儿抱坐在大腿上,用大手抓着孩子的小手,让孩子的两个食指相互有节奏感地一字一触。等到念到最末一个字的时候,两指接触后快速打开。

### 编花篮

编花篮,编花篮,花篮里向有小囡,小囡名字叫秀兰,秀兰秀兰编花篮,匍下去,立起来;匍下去,立起来,……

唱这首童谣时,唱者配合唱词做蹲下与站立的动作。

## 苏州话童谣

### 老鸦老鸦哇哇

老鸦老鸦哇哇,手枪手枪呼呼。

说时两手配合做老鸦和手枪的动作。

### 金苹果,银苹果

金苹果金苹果,金金金,银苹果银苹果,银银银。上上下下,左左右右,前前后后,咕噜噜噜——采!芝麻开门,我要吃㑚格××(某一食物)

唱"咕噜噜噜"时左右手互相盘绕,然后用手指某小儿袋中的食物。猜中则可以吃。

### 抽中指

抽中指,打赖皮,掮锄头,赶野鸡,野菱戳痛脚,连连讨膏药,膏药讨勿着,烂脱半只脚,还要抓抓狗脚底。

两小儿游戏。一小儿右手握紧左手,右手虎口露出左手五个指尖,让对方捏中指。被猜者把中指缩得很低,以让猜者上当。抽中的是赢方,被抽的认输;如未抽中,猜者认输。输者让对方打手心,胜者边打边唱上面这首歌谣,至末尾抓抓狗脚底时抓输者手心,欢笑结束。

## 木头人

赛、赛、赛,我伲侪是木头人,勿许讲话勿许动,还有一个勿许笑。

唱完这首童谣后,小儿各自定格,谁先动谁就输掉。

## 笃笃一更天

笃笃一更天,笃笃二更天,笃笃三更天,笃笃四更天,笃笃五更天,家鸡畔畔拢,野猫出来哉。

笃笃:小儿模仿敲更声。

这是一首小儿捉迷藏童谣,由蒙眼捉人者唱,其余小儿藏起来。

## 踢毽子歌

一手心,两手背,三酒盅,四牙筷,五顶拳,六佛手,七杠子,八大跳,九上面,十上背。

## 金锁银锁(一)

金锁银锁,嘎啦啦啦一锁。花轿子抬过,马兰头挑过,轧着啥人算数。

一儿手掌朝下打开,众小儿伸出食指抵其掌心,念至"数"时,该小儿手掌抓众儿食指,被抓住者为输。

### 金锁银锁(二)

金锁银锁,望倷嘴浪一锁,看倷捺亨告诉。

同上,念至"诉"时抓食指,被抓住者输。

### 啊咽哇,啥个痛

啊咽哇,啥个痛?蚊子叮,爬上来。吃不梯,借拨倷。谢谢倷,勿碍该。

两儿各出一手,相叠而放,上手用拇指与食指轻轻地掐下手的手背,模拟蚊子咬。念到"勿碍该"时,下手转为上手,反去掐对方的手背。如此循环不已。

### 踏煞蚂蚁放炮仗

换长长,撷长长,踏煞蚂蚁放炮仗。

几个小儿手换手时所唱。

### 排排坐,吃果果

排排坐,吃果果,爹爹转来割耳朵;称称看,二斤半;烧烧看,两大碗;吃一碗,剩一碗,门角落头斋罗汉;罗汉勿吃荤,豆腐面筋囫囵吞,吞勒吞,吞出一只小猢狲。

几个小儿并坐吃物时所唱。

## 抬轿子

抬轿子,抬轿子,一抬抬到城隍庙,吧啦哒,跌一跤,拾着一只大元宝。

三人游戏,两人以手为轿子,一人坐在上面唱。

## 点点脚板

点点脚板,跳过南山,南山扳倒,水龙甩甩,新官上任,旧官请出,木渎汤罐(莫做贪官),勿知烂脱落里一只小密脚节头。

众小儿聚脚,说一字点一脚,以点到末尾的"头"字者为输。

## 牵磨结嘎结

牵磨结嘎结,牵拨啥人吃?牵拨外婆吃,外婆省拨囝囝吃,囝囝吃仔看黄牛,黄牛落仔井田里,锄头铁搨耙勿起,两根芦头直豁起,一豁豁到半天里。

将小儿置膝头,握其双手作牵磨状,唱至末句时将其抛至半空。

## 美丽格姑娘

美丽格姑娘拉拉小辫子,美丽格姑娘点点小鼻头,美丽格姑娘拉拉小耳朵,美丽格姑娘翘翘小嘴巴,美丽格姑娘擢擢痒嘻嘻。

一小儿唱,一小儿按唱词去做,出错即输。

擢擢痒嘻嘻:挠胳肢痒痒。

苏州话童谣

### 炒、炒、炒黄豆

炒、炒、炒黄豆,炒好黄豆翻被头,翻好被头跄跟头。

四儿一组,其中两儿双手拉住,左右摇晃。唱到"跄跟头"时,两儿拉的手抬起,两儿陆续从手下钻过去,重复开始。

### 乌龟上街头

乌龟上街头,生意闹稠稠,嗞钻尾巴橄榄头,胡椒眼睛骨溜溜。大乌龟捺亨叫?嘎!嘎!嘎!小乌龟捺亨叫?叽!叽!叽!大小乌龟一淘叫,嘎!嘎!嘎!叽!叽!叽!问倷老板讨个铜板买药料,药杀乌龟开年勿来要。

旧时乞丐挨家讨钱,头上以草绳为箍,作有头有尾状,手摇破扇,口念此歌,岁暮多见。坊间小儿仿效之。

### 一只眼睛一只脚

一只眼睛一只脚,再能聪明猜勿着,孔夫子猜仔二年半,秀才先生猜仔一世匣郁猜着。

谜底:引线。

# 游 戏

### 大格分两段

　　大格分两段,小格分三段,总共算一算,四七廿八段。

　　谜底:手指。

### 四角方方一座城

　　四角方方一座城,城中有个活死人。若要死人活转来,等到东方天大明。

　　谜底:帐子。

### 猜谜十字山歌

　　百战英雄去白旗,(或百万军兵卷白旗)谜底:一

　　天明人起报金鸡。(或夫人出去勿回来)谜底:二

　　秦王屈斩余元帅,谜底:三

　　骂(罵)得将军呒马骑。谜底:四

　　吾今无口难分说,谜底:五

　　滚滚长江缺水衣。(或衮服脱下君王衣)谜底:六

　　毛家斩了千金女,(或皂吏卸下头上白)谜底:七

　　分尸灭口半刀飞。谜底:八

　　丸丹妙药无心底,(或丸中射出金弹子)谜底:九

　　千载英雄一笔提。谜底:十

苏州话童谣

### 一只脚

一只脚,叮咚叮(摇铃)。两只脚,报天明(公鸡)。三只脚,厅浪坐(三足茶几)。四只脚,看后门(狗)

### 老张老张

老张老张,头顶破筐,剪子两把,筷子四双。

谜底:螃蟹。

# 倒 话

　　说倒话最容易引人发噱。本来稀松平常的事情，一旦将人物、事件、时间、空间置换之后，就会产生意想不到的喜剧效果。孩子们一旦掌握了说倒话的技术，常常会乐此不疲，他们在不符合逻辑的场景中领会了那奇特的幽默感。

## 倒话

### 十稀奇(一)

西山黄狼会串戏,老虫窜梁捉猫咪,剥光猪猡跑出去,麻雀身浪背大旗,黄狗双双拜天地,鸡蛋会得爬墙壁,水牛牵到窝窠里,老鹰勒拉追飞机,老虎捉来当游戏,蛋壳里小鸡喔喔啼。

### 十稀奇(二)

山顶浪勒罱河泥,太阳落东月出西,满天阴云滴一滴,月亮晒黑白脸皮,七石缸摆勒盖碗里,三间楼房砌勒鸡棚里,货车开勒阴沟里,大船撑勒垄沟里,八仙台装进拎包里,大石头氽勒太湖里。

氽:浮。

### 毛竹扁担劈竹开

毛竹扁担劈竹开,太湖面浪射过来,大鱼小鱼侪射杀,只剩只小乌龟登勒笃爬勒爬。

### 第一勿稀奇

第一勿稀奇,第二吃烂泥,第三吃山芋,第四吃丝瓜块,第五吃五香豆,第六吃绿豆汤,第七吃白切肉,第八吃八宝饭,第九吃韭芽菜,第十吃什锦菜。

苏州话童谣

**颠倒话**

颠倒话,话颠倒,石榴树上结樱桃,蚊子踢煞马,蚂蚁架大桥,葫芦沉到底,秤砣水浪漂。东西街,南北走,出门碰着人咬狗,拾起狗来乱砖头,又怕砖头咬仔手;老虫衔仔狸猫跑,布袋驮仔驴子走;河里石头爬上坡,屋前外孙摇外婆。满天月亮一颗星,千万将军一个兵,从来勿说颠倒话,聋子听见喜盈盈。

# 调 笑

　　儿童充满着各种各样的好奇心，发挥着无穷无尽的想象力。看到路上走过的陌生人，孩子们也能根据其外貌和职业编出各种滑稽的故事。滑稽故事，大家都爱说；滑稽故事里的人，大家都不爱做。在反面例子的衬托下，孩子们学会了正确的言行。

# 调 笑

## 苏州苏老头

苏州苏老头,绰号"苏空头"。着仔素绸,吃格素油,还用绉纱包头。要吃素菜,让为苏州松鹤楼,先来一碗素面筋,还要加上重素油,点得清格素面筋,数勿清格素油。泼翻仔格素面筋,汆脱仔格素油,拾起格碗素面筋,再添台浪格素油,素菜勿吃,走出苏州松鹤楼。着个素绸,侪是素油,撞破仔个头,苏州苏老头,标准"苏空头"。

## 懒惰胚

懒惰胚,织毛毯,毛毯织勿齐,就去编竹箕;竹箕编勿紧,就去学磨粉;磨粉磨勿细,就去学唱戏;唱戏勿入调,就去学抬轿;抬轿走得慢,只好吃白饭;白饭吃勿成,只好哭一生。

## 邋遢精

我家有个邋遢精,一条裤子廿四斤。拾着蟑螂当枣子吃,摸着蚰蜒当海参,东太湖里汆个浴,西太湖里水匣浑。

## 大头大头

大头大头,落雨勿愁,人家有伞,我有大头。

## 苏州话童谣

### 鸦鹊叫

鸦鹊叫,客人到。开东门,荡镬灶。吭洗帚,稻柴绕,吭汤罐,破毡帽,吭镬盖,旧凉帽,吭茶叶,别家泡。风扫地,月点灯,猢狲烧饭请客人。

### 四大金刚狼霸霸

四大金刚狼霸霸,勿弹弦子弹琵琶,天勿落雨撑啥伞,勿做叫花弄啥蛇。

### 山浪有只庙

山浪有只庙,庙里有只缸,缸里有只碗,碗里有只蛋,蛋里有只黄,黄里有只小和尚,嗯啊嗯啊要吃绿豆汤。

### 赖学精

赖学精,巴天阴,落大雨,蛮开心,出太阳,打手心。

巴:盼望。

## 天子重阳糕

天子重阳糕,文章汤面饺,万般葱油饼,唯有茯苓糕。

这是调侃《神童诗》,原文为:"天子重英豪,文章教尔曹。万般皆下品,惟有读书高。"

## 梁惠王

梁惠王,两只髈,荡勒荡,荡到山塘浪,吃仔一碗绿豆汤。

"梁惠王"为《孟子》首章之名。

## 赵钱孙李

赵钱孙李,隔壁舂米;周吴郑王,偷米换糖;冯陈褚卫,大家一块;蒋沈韩杨,吃仔骠响;朱秦尤许,下次勿许;金魏陶姜,骠告诉娘。

单句为《百家姓》内容,双句描述了偷米换糖的童事,单双句末字押韵,饶有趣味。

图书在版编目(CIP)数据

苏州话童谣 / 朱光磊编著. --苏州：苏州大学出版社，2018.6
（母婴护理丛书/李惠玲主编）
ISBN 978-7-5672-2234-2

Ⅰ.①苏… Ⅱ.①朱… Ⅲ.①儿歌-作品集-苏州 Ⅳ.①I287.2

中国版本图书馆 CIP 数据核字(2018)第 015659 号

| 书　　　名 | ：苏州话童谣 |
|---|---|
| 主　　　编 | ：李惠玲 |
| 编 著 者 | ：朱光磊 |
| 策　　　划 | ：刘　海 |
| 责任编辑 | ：刘　海 |
| 装帧设计 | ：刘　俊 |
| 出版发行 | ：苏州大学出版社（Soochow University Press） |
| 出 品 人 | ：盛惠良 |
| 社　　　址 | ：苏州市十梓街 1 号　邮编：215006 |
| 印　　　刷 | ：南通印刷总厂有限公司 |
| E-mail | ：Liuwang@suda.edu.cn　QQ：64826224 |
| 邮购热线 | ：0512-67480030 |
| 销售热线 | ：0512-67481020 |
| 开　　　本 | ：787 mm×960 mm　1/16　印张：7.25　字数：80 千 |
| 版　　　次 | ：2018 年 6 月第 1 版 |
| 印　　　次 | ：2018 年 6 月第 1 次印刷 |
| 书　　　号 | ：ISBN 978-7-5672-2234-2 |
| 定　　　价 | ：29.00 元 |

凡购本社图书发现印装错误，请与本社联系调换。
服务热线：0512-67481020